A mamá y papá, con amor y agradecimiento.

Originally published in English as *Barnacle is Bored*

Translated by Juan Pablo Lombana

Copyright © 2016 by Jonathan Fenske
Translation copyright © 2016 by Scholastic Inc.

ISBN 978-1-338-04707-3

10 9 8 7 6 5 4 3 2 1   16 17 18 19 20

Printed in the U.S.A.   40
First Spanish printing 2016

Book design by Steve Ponzo

Percebe está ABURRIDO

Jonathan Fenske

Scholastic Inc.

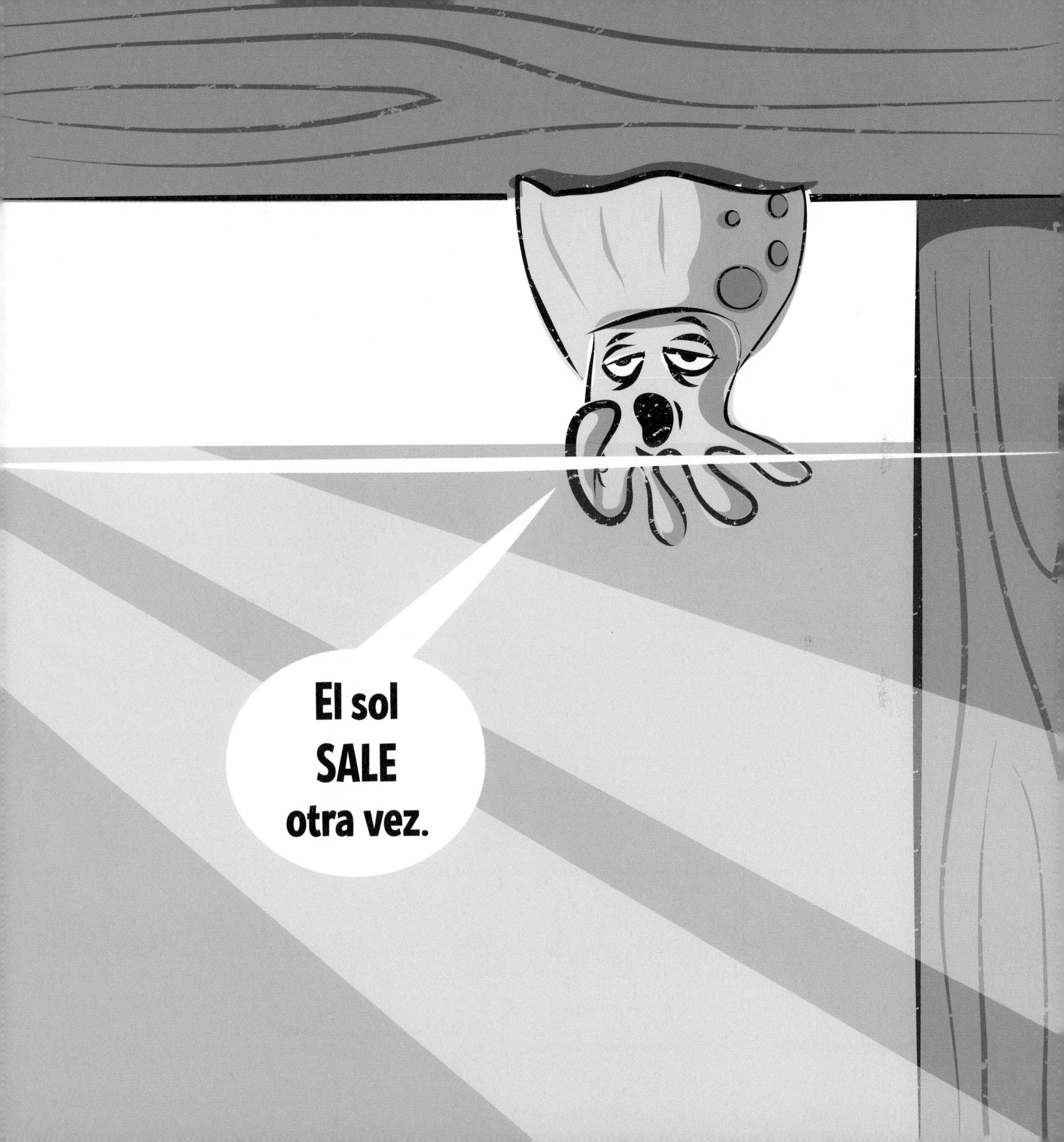
El sol
SALE
otra vez.

Las olas pasan por ARRIBA.

Ese fanfarrón de lunares.
Apuesto a que sus días son muy DIVERTIDOS.

Apuesto a que da **VUELTAS** con un rodaballo.

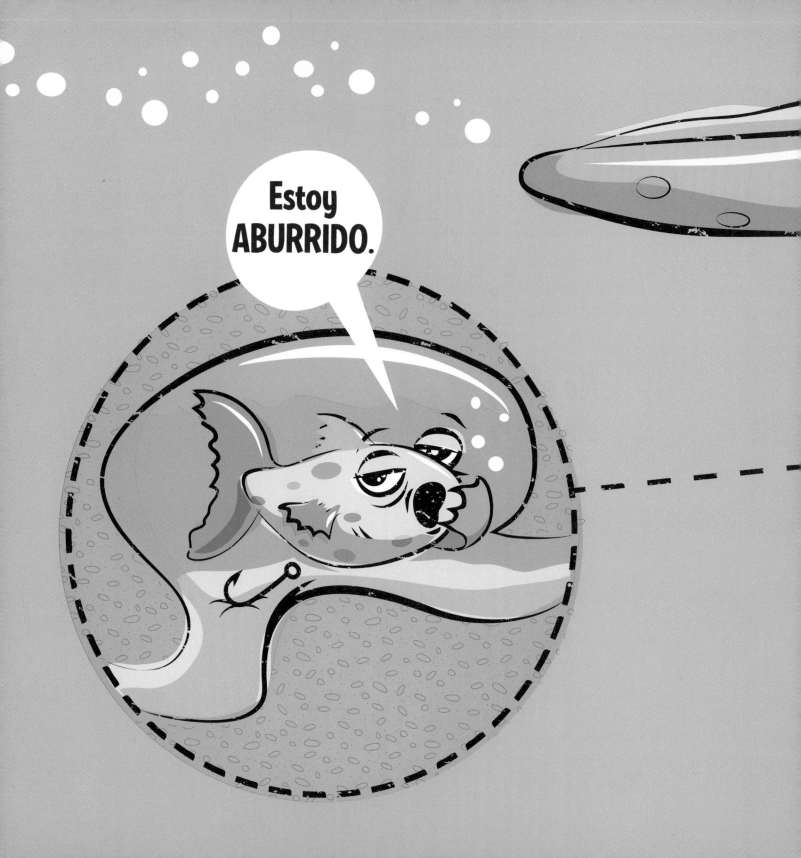